SOCIÉTÉ FRANÇAISE

DE NUMISMATIQUE ET D'ARCHÉOLOGIE.

SECTION DE L'HISTOIRE DE L'ART.

SÉANCE DU MARDI 13 JANVIER 1874.

Président : M. le baron de BOYER DE SAINTE-SUZANNE.

Le président entretient la section d'un travail relatif à l'inventaire du cardinal Mazarin, dressé après sa mort, en 1661, travail qu'il résume ainsi :

Le cardinal Mazarin était le plus grand curieux de son époque; il consacrait les rares loisirs que lui laissaient les affaires publiques, les intrigues de cour et la guerre civile, à visiter ses collections d'objets d'art, à acheter des tableaux, des statues, des tapisseries, des bijoux, des meubles de luxe, qu'il cherchait, il est vrai, à obtenir au meilleur compte possible; car, si le cardinal aimait les arts, sa rapacité, son avarice ne lui permettaient pas de jouer le rôle de Mécène qu'il abandonnait volontiers au libéral et magnifique surintendant des finances, Nicolas Fouquet. Le comte de Brienne raconte dans ses Mémoires avoir entendu Mazarin, quelques jours avant sa mort, pousser des gémissements en se traînant péniblement dans sa galerie de tableaux et s'écrier : « Il va donc falloir quitter ces objets d'art que j'aimais tant et qui m'ont coûté si cher! » L'homme est tout entier dans ce cri de désespoir peu digne d'un prince de l'Église.

Deux inventaires font connaître les richesses artistiques qui décoraient le palais Mazarin ; le premier, rédigé du vivant du cardinal, à la suite de son second exil, le 3 février 1653, a été publié à Londres en 1861 par les soins du duc d'Aumale, sous le titre : « *Inventaire de tous les meubles du cardinal Mazarin*, dressé en 1653, publié d'après l'original conservé dans les archives de Condé, in-4°, 404 pages. » ouvrage rare et fort cher. Le second a été commencé le 31 mars 1661, quelques jours après la mort du cardinal, décédé au château de Vin-

Tirage à part. — B. de S.-S.

cennes le 9 mars, et terminé le 22 juillet. Le manuscrit original, un volume in-folio de 800 pages, est porté sous ce titre au cabinet des manuscrits de la Bibliothèque nationale : « *Mélanges de Colbert* 75. *Inventaire de Monsieur le cardinal.* »

Ce second inventaire, plus complet que le premier, puisqu'il comprend les acquisitions faites par le cardinal de 1653 à 1661, est très-précieux au point de vue de l'histoire et de la curiosité ; il contient la description très-exacte, sauf pour quelques séries, des chefs-d'œuvre qui ont servi à créer le musée du Louvre, ainsi que le prix d'estimation à cette époque, prix qu'il faut multiplier par 6 pour avoir la valeur numéraire de notre temps. Voici quelques renseignements et quelques extraits qui feront connaître toute l'importance de ce document.

L'inventaire est rédigé par les notaires de Beaumont et François Le Fouyn assistés d'experts, en présence de Charles de la Meilleraie, duc de Mazarin, mari d'Hortense Mancini, de Nicolas Fouquet, surintendant des finances, de Michel Le Tellier, secrétaire d'État au département de la guerre, de Zongo Oudedej, comte de Vezelay, un des confidents du cardinal et frère de l'évêque de Fréjus, et de J. B. Colbert, ce dernier qualifié conseiller du roi en ses conseils, intendant des finances. En cas d'absence, les héritiers, qui recueillaient la succession par suite du refus du roi d'accepter la donation faite pa le cardinal, dix jours avant sa mort, étaient représentés par Le Bas, conseiller du roi en ses conseils.

Joseph Sillori, garde-meuble et concierge au palais Mazarin ; Francesco Conucci, dit Tondini, valet de garde-robe ; Lavinio Taurelli, aide, recherchaient et exposaient les objets.

Les experts étaient :

Antoine Douchaut, huissier sergent à verge au Châtelet, priseur juré, vendeur de biens meubles, en la ville et prévosté de Paris ;

François Lescot, marchand orfévre, joaillier, bourgeois de Paris, pour les pierreries, bagues, joyaux et vaisselle ;

André Podesta, Pierre Mignard le Romain, Alphonse du Fresnoy, tous trois peintres du roi, pour les tableaux ;

Bourdoni (il s'agit ici de Francisque Bourdoni, sculpteur italien, engagé par brevet du 10 septembre 1615 au lieu et place de Pierre Francqueville, dont il devait terminer les œuvres moyennant une somme de 2,400 livres), Cussy (Domenico Cucci, premier ébéniste du roi, attaché aux Gobelins, auteur des deux cabinets d'ébène représentant le temple de la Gloire et le temple de la Vertu placés dans la galerie d'Apollon, payés 30,500 livres), et Valpergues, tous trois sculpteurs, pour les sculptures;

Douchant, Antoine Moricr, Breban et Henry, ces deux derniers marchands tapissiers, pour les tapisseries, meubles et objets divers;

Catherine Anury, maîtresse lingère, pour le linge et la garde-robe.

Deux jours avant sa mort, le cardinal avait remis les clefs de ses coffres à Colbert; on trouva en numéraire les sommes suivantes : 70,000 pistoles au Louvre, 60 pistoles ou louis d'or au château de la Fère, 100,000 pistoles à Sedan entre les mains du maréchal Fabert, 287,000 livres dans le garde-meuble, et enfin 770,205 livres dans un coffre-fort.

La table de l'inventaire que nous reproduisons *in extenso*, avec la pagination, donnera un aperçu complet, quoique sommaire, des autres richesses que laissait le cardinal ; elle pourra être utilement consultée par les chercheurs en quête de preuves et d'origines :

Intitulation de l'inventaire.   p. 1

Transcript de l'ordre du Roy pour faire l'inventaire.   3

Continuation de l'intitulation en présence du sieur Le Bas.   4

Deux cabinets en la chambre de Son Excellence.

Bagues, joyaux, pierreries, médailles d'or et d'argent et autres choses trouvés dans les trésors desdits cabinets, mis ès-mains de M. le duc de Mazarin. Déclaration de Messire Colbert des deniers mis en réserve par Son Excellence, et autres déclarations.   39

Ouverture du coffre-fort dans le cabinet, à côté de l'alcôve de la chambre de Son Excellence, dans lequel il s'est trouvé 770,205 livres laissées ès-mains du sieur Le Bas.   40

Plusieurs choses enrichies de rubis, émeraudes, diamants, lapis, jaspe, agathe, pierres de parangon et autres, trouvées dans une armoire couleur de bois marbré.   44

Cristaux.   90

Vaisselle d'or.   113

Argent vermeil doré, chapelle.   114

Argent blanc, chapelle.   118

Bassins de vermeil doré.   121

Vases vermeil doré.   128

Pots et aiguières, vermeil doré.   136

Paniers et pots à bouquets, vermeil doré.   138

Coupes, tasses et drageoirs, vermeil doré.   139

Salières, vinaigriers et boîtes à sucre, vermeil doré.   145

Plaques d'argent, vermeil doré.   145
Bras d'argent, vermeil doré.   152
Flambeaux et chandeliers, vermeil doré.   154
Choses diverses d'argent, vermeil doré.   156
Argent blanc. Bassins, vases, paniers et corbeilles.   163
Pots à fleurs.   166
Placques.   167
Bras et branches à bobèches.   168
Torches, flambeaux et chandeliers.   169
Cassolettes et brasiers.   172
Groupes et figures d'argent blanc et vermeil doré.   174
Argent blanc, choses diverses.   176
Argent vermeil doré, vaisselle de service.   186
Argent blanc, vaisselle de service.   192
Tables, vases de marbre, jaspe et autres pierreries.   213
Vases d'albâtre et porphyre.   227
Cabinets d'ébène.   225
Cabinets d'écaille de tortue.   269
Tableaux originaux.   273
Statues.   295
Petites figures modernes de cabinet.   398
Bustes.   400
Scabellons.   421
Scabellons et piéds d'estaux de bois.   427
Tapisseries antiques relevées d'or.   425
Tapisseries modernes relevées d'or.   429
Tapisseries anciennes et gothiques.   436
Tapisseries modernes de laine et soie.   439
Diverses pièces de tapisserie et tableaux de laine et soie relevés
    d'or.   447
Diverses pièces de tapisseries et tableaux de laine et soie.   455
Pièces et tentures de tapisserie, d'étoffe de soie avec or, argent,
    et de broderies.   464
Tentures et tapisseries d'étoffe de soie et laine et portières.   472
Lits complets avec leur ameublement.   481
Diverses couvertures de la Chine et autres.   514
Tapis fond d'or et autres avec or.   528
Tapis de Perse, de Turquie et autres.   525
Tapis de toile et autres étoffes piquées de soie de diverses cou-
    leurs.   547
Miroirs.   555

Estoffes de soye avec or et argent. 557
Estoffes de soye et laine. 562
Gazes de Cardini enrichies d'argent et d'or et autres estoffes aussi de Cardini. 565
Lits et ameublements non complets. 568
Divers ameublements de siéges, tapis et lits de repos. 574
Couverture de laine fine et de ratine. 592
Divers tapis de drap vert et autres estoffes. 592
Divers meubles. 598
Ornements de chapelle. 602
Tapisseries d'estoffes avec or et argent. 609
Divers meubles en broderie d'or et de soye. 612
Cassette des épées, tasses d'agathe et autres choses. 615
Harnais de mulets. 623
Casacques des gardes. 625
Linges et pièces. 626
Couvertures de chariots. 628
Coquillages. 628
Ustensiles servant au garde-meuble. 629
Argent trouvé au garde-meubles. 631
Inventaire du château de Vincenne. 631
Etat des choses non comprises à l'inventaire. 643
Les titres du palais Mazarin. 650
Baux des domaines de La Fère, Marle, Ham et de la forêt Saint-Gobain. 653
Baux à fermes et autres actes concernant les revenus et bénéfices et autres biens de Son Excellence. 668
Contrats et actes concernant les traités des offices du duché de Mayenne. 692
Titre concernant le don fait par Sa Majesté à Son Excellence du comté de Belfort, villes de Tannar, Alkirch, Issenheim. 787
Contrats de mariage de mesdames nièces de Son Excellence. 749
Inventaire de La Fère. 752

La galerie de tableaux comprenait 546 tableaux originaux, dont 283 de l'école italienne, 77 de l'école flamande et allemande, 77 de l'école française, 109 d'écoles diverses, outre des dessins, miniatures et mosaïques, prisés ensemble 224,573 livres ; 92 copies étaient estimées 2,571 livres ; 241 portraits, 723 livres.

Les statues valaient, au dire des experts, 50,309 liv. ; les bustes, 46,920 liv. les statuettes pour mettre sur tables et cabinets, 1,995 liv.

Malgré sa naturalisation, le cardinal Mazarini n'avait jamais francisé son nom, ses goûts et ses affections; il se croyait quitte envers sa patrie d'adoption, en servant fidèlement ses intérêts politiques, mais il resta toujours Italien par le cœur ; l'école italienne avait donc naturellement ses préférences : Raphaël, 6 tableaux; J. Romain, 2; Carrache, 12 ; L'Albane, 12 ; Léonard de Vinci, 1 ; Le Guerchin, 3 ; Véronèse, 5; Le Titien, 9 ; Le Guide, 11; Le Corrége, 2; Le Tintoret, 5; Le Bassan, 5, figuraient en première ligne.

Les œuvres principales des maîtres italiens étaient : le *Chemin de Croix* de Mantegna (estimé 1,000 liv.); le *S. Jérôme* de J. Romain, 3,000 livres; la *Vierge, S. Jean prêchant*, de L'Albane (1.500 et 4,000) : les *Éléments* de Bassan, 2,400; l'*Histoire de David* du Guerchin, 3,000; la *Nativité* de Paul Véronèse, 1,500; la *Lucrèce* et la *Vénus couchée avec un satyre*, du Titien, 3,000 et 10,000 ; la *Vierge cousant* du Guide, 2,000 ; c'est l'œuvre du Corrége qui atteint les prix les plus élevés; *Marsyas*, 4,000, les *Épousailles de Ste Catherine*, 15,000; cette dernière peinture fut donnée à Mazarin par le cardinal Antonio Barberini ; la *belle Antiope*, 5,000 ; ce tableau avait été acheté et payé 1,000 liv. par Everard Jabach, à la vente de Charles Ier, qui le tenait du duc de Mantoue, Frédéric II. Enfin, pour clore la série, un sujet peu édifiant : une *Femme en chemise*, de Paul Véronèse, estimée 300 livres.

Les six tableaux de Raphaël méritent une mention spéciale et nous reproduisons textuellement le passage de l'inventaire qui les concerne ; on remarquera les prix dérisoires fixés par les experts :

S. Michel Archange et *S. Antoine*, hauteur 3 pieds, largeur 11 pouces, 1,000 liv.

La Vierge, le petit Jésus sur un berceau, S. Jean-Baptiste et *Elisabeth*, hauteur 1 pied 2 pouces, largeur 11 pouces. 2000 liv.

Tête du roi de Naples, couverte d'un chapeau rouge retroussé, attaché avec une médaille, hauteur 1 pied 1 pouce, largeur 1 pied 4 pouces, 500 liv.

Un jeune homme qui a un bonnet carré sur la tête avec une paire de gants en main, hauteur 1 pied 6 pouces, largeur 1 pied 3 pouces, 400 liv.

Un jeune homme ayant son bonnet carré retourné et une bague, hauteur 1 pied 7 pouces, largeur 1 pied 3 pouces, 300 liv.

Un tableau qui se ferme en deux, en forme de couverture de cuir; d'un côté est représenté S. Georges à cheval qui combat avec le dragon, et de l'autre S. Michel qui combat un monstre, le tout fait par

Raphaël, hauteur 11 pouces, et « estant ouvert », large de 9 pouces, la diste fermeture ornée de quelques ornements d'argent et de cuivre, 2,000 liv. Ce tableau, peint en 1504 pour le duc d'Urbin, fut acheté par Louis XIV aux héritiers du cardinal.

Nous trouvons encore le nom de Raphaël rapporté dans une autre partie de l'inventaire : une table (tableau ?) ovale, de cuivre, et esmaillée d'esmaux de Limoges de clair obscur, dessin de Raphaël, représentant les sept planètes, dans une corniche de bois taillée de cartouches et de masques dorés en partie, et couleur de noyer, hauteur de 1 pied 6 pouces, 20 liv.

Dans l'école française, Le Poussin est représenté par trois tableaux : *Trois enfants nus*, 200 liv. ; *Apollon*, 1000 liv. ; *Endymion*, 1,200 ; Claude Lorrain n'a que deux tableaux qui sont actuellement au musée du Louvre. « Paysages où il y a des antiquailles avec des vases et des petites figures qui passent une rivière, 1,000 ; des bergers jouant de la flûte, 1,000 ; Vouët, 4 toiles : un portrait, 200 liv. ; une *Sainte Famille*, au Louvre, 300 liv. ; une *Victoire*, au Louvre, 300 liv. ; la *Foi*, au Louvre, 300 liv. Valentin est plus favorisé : *Ste Agnès*, 200 liv. ; *Princesse de Savoie*, 150 liv. ; *Dalila*, 1000 liv. ; *Jugement de Salomon*, au Louvre, 1000 liv. ; les *Marchands chassés du Temple*, 1200 liv. ; une *Musique*, au Louvre, 1,000 fr. Mignard, un des experts, dut insister pour donner à ses œuvres leur valeur réelle ; il fait fixer modestement à 300 liv. l'estimation de chacun des trois portraits sortis de son atelier ; un d'eux était le portrai du pape Alexandre VII.

Voici un portrait qui nous intrigue fort : portrait de Racine en petit, sur bois, par Luc Casabianca, hauteur de 6 pouces et demi, longueur de 5, avec sa bordure d'ébène. Serait-ce le portrait de l'illustre poëte ? Né en 1639, Racine était bien jeune à cette époque et n'avait encore composé que la *Nymphe de la Seine*, à l'occasion du mariage de Louis XIV.

Van Dyck tient une place considérable dans la collection : 28 tableaux, 28 portraits, estimés de 300 liv. à 1,000 liv. ; parmi les portraits historiques, Marie de Médicis, l'archevêque de Cantorbéry, la princesse d'Orange, la princesse de Phalsbourg, milord Digby, le roi et la reine d'Angleterre, la reine de Bohême, la duchesse d'Orléans, l'Electeur palatin.

4 tableaux seulement de Rubens : le *feu Cardinal enfant*, 75 liv. ; *Son médecin*, 800 liv. ; *Famille de neuf enfants*, 3,000 liv. ; *Paysage avec chariots*, 600 liv.

Les œuvres de Luc de Hollande, Both, Paul Bril, atteignent des prix insignifiants; le cardinal n'aimait pas « les bambochages, » comme disait plus tard Louis XIV; cependant les *Noces de Luther*, de Breughel le Vieux, atteignent 1,000 liv.

En fait de portraits du cardinal, l'inventaire ne mentionne, chose singulière, qu'un portrait gravé sur cuivre rouge, estimé 400 liv. et un dessin, 40 liv.; cette planche est sans doute la planche d'un des 13 portraits gravés *ad vivum* par Robert Nanteuil; le portrait gravé en 1659 représente le cardinal assis dans sa galerie des antiques.

L'inventaire de la sculpture est des plus sommaires; il ne contient ni description d'objets ni désignation d'artistes. Les statues, les bustes, les statuettes en marbre, bronze doré, ivoire, bois et albâtre représentent tous des sujets profanes ou des personnages de la fable et de l'histoire ancienne, tels que Bacchus, Vénus, Cupidon, Apollon, Hercule, les consuls et les empereurs romains. Le cardinal paraît avoir un parti pris d'exclure les sujets religieux de sa collection.

Nous remarquons trois séries de bustes des douze Césars : l'une en bronze, estimée 4,300 liv.; la seconde en marbre blanc, estimée 4,000 liv.; la troisième portée ainsi sur l'inventaire : « 12 têtes de porphyre des douze Césars, avec les bustes d'albâtre oriental de diverses couleurs, posés sur des piédestaux aussi de diverses couleurs, en partie de marbre veiné et partie de marbre africain, 5,040 liv. »

4 statues principales : *Pallas assise*, de grandeur naturelle, le corps de porphyre, posé sur un pied de même, la tête ornée d'un casque, bras et pieds nus, le tout en bronze doré, 4,500 liv.;

Un *Faune grec* nu, tenant une flûte à plusieurs tuyaux à sa main droite et, à la gauche un bâton, et dans une posture de danse. Hauteur : 5 palmes 1/2; 2,000 liv.

Julia Mammea sortant du bain, enveloppée d'un drap. Hauteur : 6 palmes; 4,000 liv.

Les tapisseries occupent une place importante dans l'inventaire; elles sont décrites avec une exactitude minutieuse, qui permettrait de les reconnaître à première vue; c'est que le cardinal avait pour elles une prédilection bien marquée. Les prix d'estimation sont très-supérieurs à ceux des tableaux, dont le plus cher, les *Épousailles de sainte Catherine*, par le Corrége, est estimé 15,000 liv., alors que la tapisserie du grand Scipion, d'après les cartons de J. Romain, s'élève à la somme fabuleuse de 100,000 liv.

Les tapisseries aux allures majestueuses, aux personnages de grandeur naturelle, aux couleurs voyantes, veloutées et pour ainsi dire tangibles, où brillaient la soie, l'argent et l'or, aux sujets qui sautaient aux yeux et, au besoin, étaient expliqués par des inscriptions historiques, sentencieuses ou grivoises, meublaient et animaient les sombres châteaux du moyen âge, et nos pères les préféraient aux tableaux perdus sur de vastes murailles, qu'il fallait regarder et interroger pendant de longues heures pour saisir les intentions du peintre et comprendre toutes les perfections de l'œuvre. Jusqu'à la moitié du xviii⁰ siècle, le goût des tapisseries prima le goût des tableaux, qui exige un vif sentiment de la nature, un esprit réfléchi et une instruction cultivée.

De 1653, date du premier inventaire, à sa mort, le cardinal avait acquis 18 nouvelles tentures; il employait pour l'achat de ses tapisseries un certain valet de chambre du commandeur de Souvré, qui était très-expert en la matière. Même en exil, il ne perdait pas de vue ses chères tapisseries; en 1651, il se plaint amèrement de n'avoir pas été prévenu à temps de leur vente, faute de quoi il n'a pu les faire racheter en sous main par le banquier Hervart; à peine rentré à Paris, il fait rechercher et racheter toutes celles qui avaient été détournées et vendues en son absence. Sa correspondance avec Colbert contient de nombreux passages relatifs à ce sujet. Le 8 juin 1654, il écrivit à Colbert : « Il ne faut plus songer à la tapisserie des *Bestions* de M. de Guyse; il a eu tort de vous dire qu'il en demandait 40,000 liv., vu que l'on sçait bien que luy-même l'a laissée pour 5,000 liv. » Colbert lui répond, le 4 juillet : « J'ai acheté deux tentures de tapisserie à M. Duplessis-Bellièvre, l'une de 3 aunes de tour, *Histoire d'Actéon*, gothique moderne, et l'autre de 25 aunes, *Histoire sainte*, payée 5,100 liv. » Il envoie un de ses courtiers en objets d'art, Jabach, à la vente de Charles I⁰ʳ, avec mission principale d'acheter les tapisseries; malheureusement sa lésinerie lui fait laisser les cartons de Raphaël, qu'il trouve trop chers à 300 liv. sterl., chefs-d'œuvre inimitables du maître des maîtres, qui font actuellement l'honneur des musées de Londres. Quelques années après, il se rend acquéreur des tapisseries du cardinal Barberini; enfin, peu de jours avant sa mort, le 18 janvier 1661, la reine Christine de Suède lui fait écrire qu'elle consent à revendre les tapisseries qui lui avaient appartenu et qu'elle avait achetées pendant la guerre civile.

On connaissait la passion du cardinal, et, pour se concilier ses bonnes grâces, le roi d'Espagne lui faisait remettre par don Louis de Haro, lors de la paix des Pyrénées, trois tentures de tapisserie : les *Travaux d'Hercule*, d'après les cartons du Titien; les *Douze*

Mois de l'année, de la fabrique de Bruges, et les *Fruits de la guerre*, d'après le carton de J. Romain. Dans son testament, Mazarin laisse à titre de legs particulier la tenture des *Actes des apôtres* au marquis Mancini, la tapisserie d'*Enée* au cardinal Sachetti, la tapisserie de *Léandre* au duc d'Anjou, une verdure de Bruxelles au cardinal Albici, la tenture de *Jéroboam* à la princesse de Conti, et au roi les *Fruits de la guerre*, les *Sabines*, les *Bestions*, les *Femmes illustres*.

L'inventaire compte 71 tentures de tapisserie de haute ou basse lisse, dont 33 des Flandres, 22 d'Angleterre, 10 du Portugal, 6 de France. Les Flandres ont eu pendant les xve et xvie siècles le monopole de la fabrication et du commerce des belles tapisseries, dont l'industrie avait été réglementée par l'édit de Charles-Quint du 16 mai 1544, et on s'explique ainsi le grand nombre de tapisseries flamandes qui figuraient dans le palais du cardinal; les cartons de ces tapisseries avaient été exécutés par Paul Bril, Breughel, A. Durer, Lucas de Leyde, Rubens, Tempesta. 4 tentures, les *Actes des apôtres*, *Charitas*, *Psyché*, *Saint Paul*, reproduisaient les cartons de Raphaël. J. Romain paraît avoir joui d'une grande vogue auprès des maîtres tapissiers flamands, qui tissèrent d'après lui onze tentures : le *Grand Scipion*, le *Petit Scipion*, les *Métamorphoses*, les *Fruits de la guerre*, le *Triomphe de Bacchus*, *Lucrèce*, *Orphée*, les *Grotesques*, le *Triomphe de l'amour*, le *Triomphe des dieux*, *Josué*, les *Fables*, les *Douze Mois*, *Pâris*.

Nous donnons l'extrait de l'inventaire concernant la fameuse tenture dite du *Grand Scipion* :

« Une tenture de tapisserie de haute lisse, très-fine, de laine et soie de 10 pièces, dessin de Jules Romain, fabrique de Bruxelles, représentant l'*Histoire de Scipion*, à figures au naturel, ayant à l'entour une corniche de feuillages couleur d'or, et sur les côtés et par le bas divers enfants qui se jouent. Largeur : 57 aunes; hauteur : 3 aunes 3/4. » Cette tenture venait du maréchal de Saint-André; elle était placée dans la petite galerie des appartements du palais Mazarin; elle fut prisée à l'inventaire, ainsi que nous l'avons déjà dit, 100,000 liv. Les cartons de J. Romain sont exposés dans la galerie des dessins au Louvre.

Les tapisseries anglaises, presque toutes de basse lisse, devaient être modernes et provenir de la célèbre manufacture de Mortlake, créée par sir Francis Crane et transformée en manufacture royale par Charles Ier à la mort de son fondateur. Raphaël est le maître préféré pour les cartons; la tenture suivante est celle qui est cotée le plus haut :

« Tenture de laine et soie, relevée d'or, dessin de Raphaël, à basse lisse, fabrique d'Angleterre, représentant les *Actes des Apôtres*, dans une bordure fond d'or, à cartouches, dans lesquels il y a des camaïeux couleur de bronze doré, représentant diverses histoires du Nouveau Testament, accompagnés d'anges et de figures, avec festons de fleurs et fruits ; au milieu de la bordure d'en haut est un ovale bleu dans un cartouche grisaille porté par 4 anges de la bordure et une inscription. 7 pièces ayant 4 aunes de hauteur, 22,000 liv. »

Nous ne dirons rien des tapisseries attribuées au Portugal, et dont la provenance nous paraît suspecte ; il est probable qu'il s'agit de tapisseries flamandes transportées en Portugal, où elles furent achetées par Lescot, que nous voyons figurer à l'inventaire comme expert.

On a lieu d'être étonné de ne trouver que six tapisseries d'origine française : *Saint Paul*, par Lefebvre, le *Pastor fido, Absalon*, les *Amours des dieux, Griselidis*, l'*Enlèvement des Sabines*, par Lefebvre et deux sujets divers ; en effet, les ateliers du Louvre, les ateliers des Gobelins, dirigés par de Commans, ceux de la Planche, étaient en pleine activité depuis Henri IV, qui les avait encouragés d'une manière toute spéciale. Comment se fait-il que le cardinal, ce fin courtisan, ne se soit pas procuré la fameuse tapisserie d'*Artémise*, d'après les cartons d'Henri Lerambert, et dont le sujet allégorique avait été choisi pour flatter la reine mère ? Il est vrai que, dans ces dernières années, Anne d'Autriche était disgraciée et exilée.

Le *Pastor fido* était une tenture de tapisserie faite par les ateliers du Louvre ; elle présente cette particularité intéressante au point de vue de l'histoire de l'art, que les cartons dessinés par Dumée et Guyot furent adoptés à la suite d'un concours, sans doute le premier concours artistique qui ait eu lieu en France. Le sujet était tiré d'*Il Pastor fido*, tragi-comédie pastorale en vers, de J.-B. Quarini, poëte italien né à Ferrare en 1537, ouvrage qui eut un succès prodigieux et dont on tira 40 éditions du vivant même de l'auteur. L'inventaire en parle en ces termes : « Tenture de tapisserie, fabrique de Paris, de laine et soie, à diverses branches de fleurs et fruits liés ensemble, à fond blanc, ayant dans le milieu un médaillon dans un grand cartouche représentant la fable du *Pastor fido*, avec sa bordure de festons de fleurs et fruits, au milieu de laquelle sont les chiffres de la reine mère, et dans les quatre coins des fleurs de lys couronnées. Hauteur 3 aunes 1/2. » Cette tenture, apposée dans une des salles du château de Vincennes et composée de

7 pièces, comportait 22 pièces, ainsi qu'il résulte d'un ancien inventaire du mobilier de la couronne.

Outre les grandes tentures, la série des tapisseries comprenait des tableaux de tapisserie qui servaient de dessus de cheminée ou d'impostes; ces tableaux représentaient l'*Assomption*, d'après Lucas de Leyde, les *Noces de Cana*, la *Cène*, la *Samaritaine*, *Notre-Dame de Mont-Sara*, *Tobie*, *Assuérus*, la *Vierge*, l'*Enfant Jésus* et *saint Jean Baptiste*, une *Charité*, d'après Raphaël, la *Nativité*, d'après la Hire, prisés de 20 à 350 liv.

Deux tentures de brocard sont remarquables par leur richesse, leur cachet artistique et méritent d'être signalées :

« 2 pièces de tapisserie de brocart d'or de Florence tout uni, représentant l'*Histoire de Débora*, dessin de Pierre de Cortone et de Romanely, la peinture de clair-obscur illuminée d'or, la frise d'un feston de broderie d'or entaillée à l'entour; lesdites pièces de 4 laiz chacune, hautes de 3 aulnes 1/4 et larges de 3 aulnes, faisant 6 aulnes de tour, ayant chacune une pièce de coton pour les couvrir dessus; 2,000 liv.

« Une tenture de tapisserie de brocart d'argent avec figures de chasseurs, d'animaux, oyseaux, rivières et fontaines, de soye de diverses couleurs relevées d'or, consistant en 19 pièces d'un laiz chacune, d'une aulne moins un pouce de large et de 3 aulnes moins un pouce de tout sens, la frize, et dix-huit colonnes de brocart d'or frizé à grands fleurons or et argent d'un quartier et demi de large, les frises d'en haut et en bas de même brocart d'or frizé, faisant ladite tapisserie avec les colonnes, 25 aulnes un quart et 3 pouces de tour, et de haut avec les frises, 4 aulnes, prisée 16,000 liv. »

Vient ensuite un ameublement complet qui nous montre la forme des meubles et les étoffes employées pour les couvrir :

« Un ameublement de tapisserie de haute lisse de Bruxelles et Anvers, à fond aurore rempli de roses blanches et rouges avec leurs branches et feuilles liées de rubans bleus, rehaussé d'argent, composé de 2 tapis, un grand et un petit, 14 fauteuils, 12 chaises à dossier et deux carreaux à double face; lesdits fauteuils et chaises à bois tournés en balustes; le grand tapis avec sa frise de roses entre deux bordures faites à feuillages de plusieurs couleurs, garnie autour de franges de soie meslée, doublé de toile jaune, contenant 3 aulnes de longueur et 2 aulnes de large; le petit tapis d'une aune trois quarts de large sur une aulne et demie de long; les fauteuils de même ouvrage, composés de fond, dossier, bras et barres garnis de franges de soie de diverses couleurs, montés sur un bois de poirier à balustes, ayant des housses de toile verte : 600 liv. »

Nous arrivons à un passage de l'inventaire qui constitue sans doute le premier catalogue connu de céramique ; la première partie ne comprend que les faïences italiennes, la seconde des objets de porcelaine et de terre rouge du Portugal ; les plats étaient accrochés et encadrés dans des bordures noires à filets d'or ou dans des bordures dorées à la chinoise.

Les experts qui estimaient la valeur des objets composant cette collection spéciale étaient Anthoine Morier, Valpergues et Bordoni ; en tenant compte de la dépréciation de la valeur monétaire, six fois plus considérable en 1661 qu'à notre époque, on reconnaîtra que les faïences italiennes étaient déjà très-recherchées et très-estimées en France, au xviie siècle.

	liv.
Un petit plat représentant le jugement de Pâris, ayant 9 pouces de diamètre,	45
Plat représentant les saints Pères et Jacob à cheval, ayant 1 pied 9 pouces de diamètre,	75
Plat représentant le jugement de Pâris, 1 pied de diamètre,	150
Plat représentant Bourbon qui assiége Rome, 1 pied de diamètre,	75
2 autres représentant Hérode et Actéon,	300
2 autres représentant le festin des dieux et saint Jean,	90
Bataille d'Alexandre,	300
2 plats représentant David et le Parnasse,	200
Plat représentant la prédication de saint Jean et de saint Paul,	150
Plat représentant le rapt d'Hélène,	90
» Noé,	45
» Léda et Jupiter,	90
» Jupiter transformé en cheval,	300
» La Conversion de saint Paul et quantité de figures,	150
7 autres plats : le 1er représentant Adam et Eve, le 2e un Festin, le 3e Bacchus, le 4e Bacchus et Apollon, le 5e une Femme et un Singe, le 6e plusieurs figures, le 7e une Femme échevelée ou Cléopâtre,	300
Une cuvette en triangle représentant un paysage et le rapt d'Hélène,	150
4 autres plats représentant, l'un Alexandre, l'autre Atalante,	

l'autre un homme battu et l'autre Apollon et Daphné,   180
3 autres plats représentant, l'un Vulcain et Vénus, l'autre
    Bacchus, l'autre un Vieillard,   104
Une tasse de porcelaine garnie d'argent vermeil doré, avec
    un couvercle d'argent aussi vermeil doré, sur lequel
    règne tout autour un feuillage d'argent blanc rapporté
    et au-dessus une branche de corail, pesant tout en-
    semble un marc, six onces, six gros, garnie de son étui
    de cuir noir, prisés ensemble   40
    Il est à remarquer que la porcelaine est prisée au
poids de l'argent.
    12 petites tasses de porcelaine des Indes de différentes façons, 36
    4 tasses rondes de fayence fine peintes dans le fond de clair-
obscur avec des filets d'or, la première où est représenté Pha-
raon submergé dans la mer; en la seconde Moïse faisant ses
tables; la troisième, Gédéon avec son armée; la quatrième, le
déluge avec l'arche,   26
    2 flacons, 8 pots, 4 autres plus petits et d'autres encore plus
petits, le tout de terre rouge de Portugal; trois gobelets de porcelaine étant dans un étui de cuir rouge; trois autres gobelets
aussi de porcelaine,   46
    Un vase de terre ciselée, de Portugal, de différentes manières,
relié et enrichi de fil d'argent, haut de dix pouces,   36
    Petite tasse plate d'essences en porcelaine garnie d'un pied et
anse d'argent doré, haut de 1 pouce 1/2,   30 liv.
    On voit que la porcelaine d'Orient (car les premiers essais de
porcelaine dure européenne ne datent que de 1707) était traitée
comme matière précieuse; quelle est cette terre rouge de Portugal
dont il n'est parlé dans aucun traité de la céramique? Serait-ce le grès
de la Chine que nous appelons *boccaro* ou *bucaro*, mot emprunté à la
langue portugaise? On sait que ce sont les Portugais qui, les premiers (1508), importèrent en Europe les produits céramiques de la
Chine.
    L'inventaire de la vaisselle d'or et d'argent, d'Espagne, d'Italie,
d'Allemagne, de Paris, est complétement insuffisant; il ne contient aucune description, aucune attribution, aucun nom d'artiste;
les vases sculptés ou ciselés sont estimés au poids de l'argent. Dans
cette nomenclature aride, qui donne cependant une idée du faste
luxueux dont s'entourait le cardinal, figurent, outre quelques pièces
enrichies de médailles antiques, les objets suivants : luth, armure
complète, arrosoirs, garnitures de feu, éperons, porte-bouquets, écri-

toires, tables, cuvettes, gantières, tabernacles, aiguières, flambeaux, assiettes à la française et à l'italienne, cuillers, couteaux, bassins, vinaigriers, salières, sucriers, moutardiers, cadenas, flacons, gobelets, tasses, coupes, réchaux, mouchettes, cantiplores, bassinoires! crachoirs!! pots de chambre!!! poëlons, marmites, coquemards, pièces de nécessaire, etc. Tous ces objets en argent ou en vermeil étaient marqués aux armes du cardinal! à l'initiale *E* ou à l'initiale *M*.

120 pièces de cristal de roche étaient estimées de 50 à 800 liv.

Le cardinal, qui avait des goûts efféminés, paraît avoir eu la manie des montres émaillées, ciselées, incrustées de diamants, de rubis, cabochons, etc. On compte jusqu'à 30 montres, 12 horloges, 4 grandes montres sonnantes : elles sont en général estimées fort cher. Les experts se complaisent à en donner une description détaillée, et ils nous font connaître les horlogers qui ont fabriqué les mouvements, tels que Macé, Grégoire, Pierre Leroux, Jean Roux, Le Mindre, tous de Blois, qui paraît avoir été un centre important de fabrication; Debeausse de Saumur, Bonneuil de Paris. Faisons un choix :

Montre sonnante de cabinet, faite par Gaccons, dans un étui rouge, 200 liv. ;

Un mouvement de montre fait par Le Mindre, à Blois, avec son cadran émaillé de vert et noir qui a été autrefois à la feue reine-mère, garni de son étui de maroquin, du Levant, doré, 600 liv. ;

Horloge de cuivre doré, façon d'Allemagne, posée sur un pied à balustre doré ciselé, sonnant les heures et les quarts d'heure, avec le réveille-matin, et divers cercles pour montrer les jours, mois et lunes, 200 liv.;

3 montres de cristal, une en forme de lis, garnie de laiton, l'autre à 8 pans, 200 liv.;

Une grande montre d'or émaillée de blanc et noir, enrichie de 291 diamants, 2,500 liv. ;

Enfin une montre qui a un cachet particulièrement mystérieux et galant, et donnerait à croire que les méchants propos du temps relatifs aux relations du cardinal avec la reine mère n'étaient pas des calomnies, mais de simples médisances : montre d'or émaillée de blanc et noir, enrichie de 17 perles plates et de 18 gros diamants à facettes, de 90 diamants aussi à facettes, à un des côtés intérieurs de laquelle il y a un portrait de la reine mère sur de l'or émaillé, 3,000 liv.

Nous mentionnons pour mémoire les bijoux, perles, diamants, les 13 aulnes de chaîne d'or d'Espagne, de Paris, d'Allemagne, les agates d'Orient, cachets d'or enrichis de pierreries, jaspes, améthystes, ambre, nacre de perles, cocos, cornes de rhinocéros, etc.

Le cardinal légua au roi 18 grands diamants, « des plus beaux qui soient au monde, » appelés les 18 mazarines.

Parmi les meubles de luxe, citons des vases de porphyre (300 à 1,500 liv.), une table à 8 pans d'ébène incrustée de pierres précieuses (8,000), plusieurs tables en pierre de parangon, marbre très-noir (1,000 à 3,000), des tables et cabinets d'écaille de tortue, profilés d'ivoire (500), 30 cabinets d'ébène, cabinet en bois du Brésil profilé d'étain (250 à 5,000), enfin 50 coffres vernis, de la Chine (50 à 500). La collection de coquilles, objets très-recherchés par les curieux du temps, est estimée 4,000 liv.

La bibliothèque du cardinal était installée au collége des Quatre-Nations dans le pavillon situé à côté de l'hôtel de Conti : Naudé, bibliothécaire, était sans doute chargé de lire pour le cardinal; car nous ne trouvons ici que deux livres qui y figurent à titre d'objets d'art :

« Livre d'heures escript sur velin, avec figures de miniatures, garni de fermoir d'argent, 30 liv.

« Un livre d'heures en petit volume, escript d'or, velin avec figures de miniatures, couvert d'or, enrichi de cornalines, de rubis et turquoises, 200 liv. »

Tel est le résumé de cet inventaire qui comprenait tant de riches et belles choses, de cette collection admirable d'objets d'art et de curiosité qui ne survécut pas au cardinal : car ses héritiers en firent la vente ; mais heureusement pour la France, Colbert fit acheter par le roi une certaine quantité de tableaux, statues, tapisseries et meubles ou pièces d'argenterie ; nous avons retrouvé le devis qui en fut dressé par Colbert lui-même ; ce document, qui complète l'inventaire, porte la suscription suivante : « Mémoire de divers meubles choisis dans le palais Mazarin; » puis de la main de Colbert : « meubles déposés à vendre au palais Mazarin. A M. Dumetz qui prendra soin de cette affaire. » Il résulte d'une note autographe de Colbert qu'il fit l'estimation des objets, qu'il rapprocha son estimation de celle de l'inventaire pour établir approximativement les prix d'achat ; car Louis XIV lui avait ordonné de se montrer libéral. Les tapisseries estimées par Colbert 170,000 liv., portées sur l'inventaire à 182,000, liv. furent payées 220,000 liv.

Les tableaux estimés par Colbert 32,000, portés à l'inventaire 36,560 furent payés 40,000.

Des bustes et figures, estimés par Colbert 18,000, portés à l'inventaire 22,410, furent payés 22,410.

Outre les tapisseries, tableaux et sculptures, le Mémoire comprenait un certain nombre de meubles, de cristaux et de pièces d'argenterie; le total de la somme proposée aux héritiers était de 432,659 liv.

Nous terminons en donnant les prix détaillés d'estimation de Colbert, auquel nous devons, par suite de cette acquisition et de celle de la collection Jabach, la création de la collection royale qui devait former un jour le musée du Louvre. Le cabinet du roi, à l'avénement de Louis XIV, ne renfermait que 200 tableaux; à sa mort le nombre des peintures s'élevait à plus de 2,000.

TAPISSERIES :

	liv.
Les 3 pièces de *Débora*, de Pierre di Cortone,	6,000
Grotesques de Raphaël,	12,000
Le *Grand Scipion*,	60,000
Les *Actes des Apôtres*, de M. Servien,	50,000
Actéon, une pièce,	4,000
La *Diane*, de Paul Bril (10 pièces),	6,000
La *Passion* (5 pièces),	10,000
La *Vie humaine*,	6,000
Le brocart de Milan, fond argent,	8,000
Les *Bestions*,	8,000
	170,000

TABLEAUX :

	liv.
La *Descente de Croix*, du Bassan (au musée du Louvre),	2,000
Sainte Catherine, du Corrége (*id.*),	20,000
Notre-Dame, du vieux Palma (*id.*),	1,000
Les *Marchands chassés du Temple*, par Valentin,	600
Tous les Guillelmos (?),	2,000
David, de Dominique (au Louvre),	1,000
Saint Georges et Saint Michel, de Raphaël (*id.*),	1,600
Le *Jugement de Salomon*, de Valentin, au Louvre, gravé par F. Bouiliard,	500
Le paysage de Carrache (*id.*),	600
Le paysage de Paul Bril,	400
La *Bacchante*, de Pierre de Cortone,	600
La *petite Vierge*, de Titien (au Louvre),	500
Le *Portrait de François Ier*, du Titien (au Louvre),	500
Une tête de Raphaël,	500
Le *Portrait de la Reyne mère*, de van Deyk,	600

Table donnée par feu M. de Guise,   600
                    3,000

SCULPTURES :

Bustes et figures,	
Buste de Brutus,	1,000
Deux satyres ou faunes,	3,000
La figure qui sort du bain,	1,500
Pallas, de porphyre,	2,000
Buste d'Alexandre, de porphyre,	1,000
L'*Atalante*,	1,000
La *Nymphe qui est auprès*,	600
Deux Apollons,	600
Le *Marc-Aurèle*,	1,000
Les 12 têtes d'empereurs, de porphyre,	3,600
Vénus et sa compagne dans la petite galère,	800
Le *petit Marcellus*,	500
Le *Brutus*.	1,000
L'*Aristote*,	6000
Les 4 vases de porphyre,	800
	19,000

Le 15 juin, on fit l'inventaire des meubles du château de Vincennes avec beaucoup moins de solennité ; les notaires se firent as-
sister des experts Douchaut, Breban et Henry ; sauf quelques men-
tions de tapisseries, l'inventaire ne relève aucun objet d'art ou de
curiosité digne d'être cité.

Le corps du cardinal resta déposé dans la chapelle du château de
Vincennes jusqu'au 6 septembre 1684, époque à laquelle il fut trans-
féré, par les soins du duc de Mazarin, dans la chapelle du collége
des Quatre-Nations, fondé par Mazarin.

M. de Sainte-Suzanne lit, sur les écoles professionnelles en France
à partir du XVIe siècle, un travail que nous résumons en quelques
mots :

En attirant en France les artistes italiens et flamands, les rois de
France n'avaient pas seulement le désir égoïste de faire construire
des palais et de créer des musées pour leur usage personnel ; ils
voulaient développer chez leurs sujets le goût des beaux-arts et créer
des ateliers destinés à élever des artistes nationaux.

Léonard de Vinci, le Rosso, le Primatice, formèrent l'école de
Fontainebleau, et les colonies d'artistes établies à la Trinité par

Henri II (1554), aux galeries du Louvre par Henri IV (1604), aux
Gobelins par Colbert (1667), ajoutèrent aux grandes traditions
italiennes les qualités françaises, la clarté, le naturel, la simplicité.
L'art français était né lorsque disparaissait l'art italien.

Avant d'aborder la grande peinture et le style académique, la
France avait débuté par ce que nous appelons les arts industriels
et qui seraient bien mieux dénommés les arts secondaires ou les
dérivés des beaux-arts, la miniature des manuscrits, la peinture sur
verre et sur émail, la tapisserie; aussi jusqu'au xixᵉ siècle les
ébénistes, les verriers, les orfévres, les ciseleurs, marchaient
de pair avec les peintres et les sculpteurs; les beaux-arts et
les arts industriels se tendaient une main fraternelle au grand profit
des uns et des autres, au grand profit de l'ensemble qui arrivait
ainsi à une harmonie parfaite. A la Renaissance, les objets les plus
infimes avaient, comme chez les Grecs et les Romains, leur cachet
artistique.

Ces artistes jouissaient de nombreux priviléges; logés, payés
par le roi, ils étaient dispensés des droits onéreux de maîtrise,
des charges municipales, et pouvaient travailler po r le public;
mais ils étaient obligés de former un certain nombre d'élèves,
d'apprentis, suivant le langage modeste du temps, qui devaient
continuer leurs œuvres et propager leurs pratiques. Assurés de la
protection du prince, dégagés des préoccupations de la vie matérielle,
vivant dans un milieu intellectuel, entourés d'un public composé
d'artistes de genres différents, ce qui assurait une critique compé-
tente et désintéressée, les artistes étaient ainsi tout entiers livrés à
leurs nobles inspirations.

L'institution du séminaire des Gobelins mérite une mention spéciale; l'édit du roi du 21 décembre 1667 pour l'établissement d'une
manufacture des meubles de la couronne portait que soixante enfants, nommés par le surintendant des bâtiments, devaient être
entretenus à la manufacture moyennant une pension de 250 fr.
payée par le roi; ces enfants, placés dans le *séminaire* du directeur,
étaient confiés à un maître peintre chargé de leur donner l'instruction et l'éducation nécessaires; puis, suivant leur aptitude, ils
étaient répartis dans les divers ateliers. Après six ans d'apprentissage et quatre ans de services, les anciens élèves du séminaire pouvaient exercer librement leur profession sans produire de chef-
d'œuvre de maîtrise ni autorisation de leur corporation.

Les artistes logés au Louvre, surnommés « les Illustres », auxquels
s'étaient joints quelques savants et écrivains, avaient leurs ateliers

au rez-de-chaussée et leurs logements à l'étage situé au-dessous de
la grande galerie du Louvre dans des locaux disposés à cet usage
par Henri IV; à la fin du xviie siècle on y installa l'imprimerie
royale et le balancier du roi. La nomenclature des artistes qui
étaient logés en vertu de brevets royaux offre un véritable intérêt
au point de vue de l'histoire de l'art; M. de Sainte-Suzanne met sous
les yeux de la section les trois listes ci-jointes, qui font connaître le
mouvement du personnel artistique au commencement, au milieu
et à la fin de cette institution libérale, imparfaitement remplacée par
l'académie de peinture et sculpture. (Les noms sont reproduits
avec l'orthographe du temps.)

1608

Jacob Bunel, peintre et valet de chambre du Roi ;

Abraham de la Garde, horloger et valet de chambre;

Pierre Courtois, orfévre et valet de chambre de la Reine ;

Franqueville, sculpteur;

Julien de Fontenay, graveur en pierres précieuses, valet de
chambre ;

Nicolas Roussel, orfévre et parfumeur ;

Jean Sejourné, sculpteur-fontainier;

Guillaume Dupré, sculpteur et contrôleur général des poinçons des
monnaies de France;

Pierre Vernier, coutelier et forgeur d'épees en acier de Damas;

Laurent Setarbe, menuisier, faiseur de cabinets;

Pierre de Martins, peintre ;

Jean Petit, fournisseur, doreur, damasquineur;

Etienne Flantin, ouvrier d'instruments de mathématiques;

Antoine Ferrier, horloger et aussi ouvrier ès instruments de mathé
matiques;

Alleaume, professeur de mathématiques;

Maurice Dubout, tapissier de haute lisse ;

Pierre Dupont, tapissier ès ouvrages du Levant;

Gérard Laurent, tapissier de haute lisse ;

Martin Bourgeois, peintre et valet de chambre, ouvrier en globes
mouvants, sculptures et autres inventions.

1671

Jean Varin, sculpteur, contrôleur des poinçons et effigies, contrôleur général des monnaies de France ;

Charles Evard, Jean Nocret, Antoine Stella et Benoît Sarrazin, peintres ;

François Girardon, sculpteur ;

Thomas Merlin, Claude Ballin, Louis Loire, orfévres ;

Guillaume Sanson, géographe ;

Laurent Tessier de Montarsy, orfévre en or ;

Victorio Siri et Théophraste Renaudot, historiographes ;

Henry Martinot et Henry Bidault, horlogers et valets de chambre ;

Jean-Dominique Cassini, mathématicien ;

François-Marie Bourzon, peintre en paysage et en marine ;

Jean Lefevre, tapissier en haute lisse ;

Charles Vigarans, inventeur de machines ;

Louis du Pont, tapissier ès ouvrages du Levant ;

Claude Mellan, peintre et graveur en taille-douce ;

Vincent Petit, orfévre et sculpteur en bronze ;

Jean Massi, menuisier et faiseur de cabinets et tableaux ou marqueterie ;

Jean Valdot, peintre et dessinateur ;

Henry Petit, fourbisseur, doreur, damasquineur ;

Israël Silvestre, graveur en eau-forte et dessinateur ;

Sébastien-Charles Cramoisy, imprimeur ;

Dominique Lherminot, peintre et brodeur ;

Jacques Bailly, peintre en miniature et faiseur d'ouvrages façon de la Chine ;

Philippe le Bas, ouvrier d'instruments de mathématiques ;

Bertrand Piraube, armurier.

1706

Berrin, Coypel père et fils, Des Portes, Nocret, Balin père, Bailly, Fontenay, Lemoine, peintres.

Coustou, François Girardon, Vanclève, Jean Cornu, Thomas Renaudin, Legros, Anselme Flaman, de Dieu, Raou, Stolt, Vigier, Antoine Coysevox, Garnier, Mazières, sculpteurs ;

Bidault, Martinot, Turet, horlogers;

Silvestre, dessinateur;

Piraube, arquebusier;

Loire, Balin, Montarcy, de Launay, orfévres; ce dernier directeur de la Monnaie;

Chatillon, graveur en taille-douce et émailleur; Baudet, graveur;

Boule, ébéniste;

Vigarani, machiniste;

Le Bast, faiseur d'instruments de mathématiques;

Mauger, graveur en médailles;

Jean Donneau de Vizé, auteur dramatique, continuateur du *Mercure galant*, auteur de l'*Histoire du Roi;*

Eusèbe Renaudot, de l'Académie française et de l'Académie des médailles, rédacteur de la *Gazette ;*

Jean Annisson, né à Lyon, directeur de l'Imprimerie royale.

M. Émile Soldi remarque dans le travail de M. de Sainte-Suzanne un fait important au point de vue de l'histoire de l'art : la protection et les priviléges accordés par le roi aux artistes n'étaient pas spéciaux aux peintres, sculpteurs et architectes, mais à tous ceux faisant œuvres d'art, sous n'importe quelle forme. Les ateliers du Louvre étaient, comme on l'a vu, occupés aussi bien et au même titre par les faïenciers, joailliers, fabricants de petits meubles, serruriers, etc. Les dénominations factices modernes de beaux-arts et arts industriels n'existaient pas, ce qui faisait que des artistes de valeur ne dédaignaient pas de composer et d'exécuter des coffrets avec toutes les ressources et les richesses de l'art, de graver d'élégants sujets, de fines arabesques sur les coupes de cristal transparent, d'émailler des buires et de ciseler des armes. Ce sont les temps où Benvenuto Cellini fait d'une salière une merveille unique d'orfévrerie, où Bernard Palissy est nommé inventeur des rustiques figulines du roi, où les Penicaud et les Limosin sont désignés chronologiquement comme des souverains, et où, vers la fin de cette belle période, entre mille exemples que l'on pourrait citer en ce genre, Coldoré, pour ses gravures en pierres fines, est nommé valet de chambre du roi, faveur étrange, mais vivement ambitionnée alors. Il faut que nous nous inclinions devant les productions, le goût, le bon sens de ces siècles de merveilles artistiques. Jamais on ne fera croire au public d'aujourd'hui qu'un cadre peut avoir plus de valeur artistique que nombre de tableaux connus; et pourtant quelle merveille entre mille que le cadre de Bruges, où parmi les rinceaux courent et jouent les enfants sculptés sur bois par François Duquesnoy dit Flamand ! En faisant des catégories et des degrés parmi l'art et les artistes, en y mêlant cette fausse appellation d'industriel, on a éloigné de tous les objets que l'art aurait animés, embellis, les aptitudes particulières. M. Soldi rappelle que les formes artistiques viennent souvent améliorer les objets usuels ; par exemple, dans les merveilleuses collections d'ustensiles de cuisine en bronze du musée de Naples, les seaux à eau, de formes si belles, si richement décorés, sont en même temps bien autrement commodes que ceux qui sont en usage aujourd'hui ; les anses doubles, réunies dans la main, empêchent le mouvement de balant qui fait renverser l'eau, déjà maintenue aux bords par une jolie gorge concave formant une moulure convexe à l'extérieur; les quatre pieds sont une commodité en même temps qu'un ornement ; c'est ainsi que l'art, tout en donnant son cachet, amène l'ingéniosité et l'invention.

M. de Sainte-Suzanne rappelle que le nom d'artisan était la seule appellation commune aux artistes de tout genre; il pense que les corporations, écoles puissantes, privilégiées, obligées à faire leurs preuves par les chefs-d'œuvre de maîtrise, ont dû maintenir longtemps les grandes traditions.

M. Soldi est aussi de cet avis. Depuis le siècle dernier, la décadence a même atteint les grandes manufactures artistiques, telles que les Gobelins et Sèvres. Il n'y a pas longtemps que les Gobelins comme Sèvres cherchaient à imiter la peinture à l'huile, s'imaginant avoir fait une merveille lorsqu'ils avaient reproduit ou plutôt copié un tableau connu : le caractère décoratif, grandiose des anciens Gobelins a disparu , ainsi que ces compositions spéciales à grandes divisions, à gammes claires et harmonieuses, faites avec une vingtaine de tons, par leur effet large rappelant les fresques des primitifs, et qui décoraient au lieu de trouer ou de faire remarquer les places qu'elles devaient masquer.

M. de Sainte-Suzanne rappelle la façon dont les maîtres, comme Raphaël, ont composé leurs cartons pour les tapisseries ; ce serait à partir de Boucher que l'exécution serait devenue minutieuse, et que les Gobelins seraient entrés dans la voie actuelle.

M. Soldi croit que pour Sèvres le même oubli des lois et du but décoratifs des porcelaines a entraîné la fabrication moderne dans ces formes lourdes, ces tons neutres, fades, ces représentations en perspective mesquinement exécutées, qui ont amené une telle décadence que l'industrie privée, Collinot, Deck, produisent des œuvres très-supérieures; c'est l'Orient qui doit être étudié pour les tapisseries comme pour les vases, pour l'entente de l'harmonie, la richesse des tons, l'esprit de la décoration, etc.

M. de Laurière rappelle les formes simples, exquises, des anciens vases japonais à l'exposition qui vient d'avoir lieu au palais de l'Industrie.

M. de Sainte-Suzanne dit que c'est la finesse de la pâte qui a été le plus recherchée à Sèvres dans ces derniers temps, les plus grandes pièces ayant été faites principalement pour montrer les progrès chimiques de la manufacture.

M. Soldi croit que, pour les vases, c'est par des formes simples, nspirées de la nature, des fleurs principalement, en les décorant comme l'ont si bien compris les Japonais, avec des serpents, des papillons, des oiseaux, des plantes, etc., que l'on pourra trouver des œuvres qui seront éternellement belles. Une commission de réforme, composée des hommes les plus éminents, a été formée il y a peu de temps, et, avec la bonne volonté des directeurs actuels de Sèvres et des Gobelins, il n'y a pas de doute que ces deux manufactures produiront sous peu des œuvres dignes de leur passé.

Pour les tapisseries, ce n'est pas dans les écoles modernes qu'il faudrait chercher des modèles, mais dans les œuvres antérieures, où les compositions, à l'exemple des Orientaux, ne comprennent pas de lignes et de perspectives fuyantes, non plus que des tons et des nuances dégradés, mais dont la scène, vue d'une certaine hauteur, amène les développements de la composition sur le même plan, par des dispositions de groupes se juxtaposant, et des figures animées de mouvements francs et par conséquent décoratifs.

M. Emile Soldi croit donc qu'un des meilleurs moyens d'amener un mouvement et un progrès nécessaires dans les arts appelés improprement industriels, serait de les faire participer aux expositions annuelles des beaux-arts, où les œuvres sévèrement jugées des Gobelins, de Sèvres, etc., en concurrence avec les manufactures et les productions privées, n'y seraient admises et récompensées qu'en tant qu'il y aurait œuvre d'art, tentative originale et exécution appropriée à la convenance et à la destination.

SECTION D'HISTOIRE DE L'ART.

SÉANCE DU 24 MARS 1874.

Président : *M. le baron de BOYER DE SAINTE-SUZANNE.*

M. le Président fait remarquer à la section que parmi les arts
secondaires il en est un qui tient à coup sûr le premier rang et qui
cependant a été singulièrement négligé par les historiens et les cri-
tiques d'art; il s'agit de la tapisserie tissée de haute ou basse lisse qui
a reproduit et reproduit encore avec succès les chefs-d'œuvre des
peintres de tous les temps et de toutes les écoles. La numismatique,
la céramique, la peinture sur émail, etc., ont donné lieu à de nombreux traités et monographies; on ne connaît que très-peu d'ouvrages à consulter sur l'art de la tapisserie tissée, et ces ouvrages, en
tête desquels il faut citer : *les Tapisseries historiées*, de M. Jubinal,
la Notice historique sur les Gobelins, de M. A. L. Lacordaire, n'a-
bordent qu'une partie spéciale. A la demande des membres de la
section, M. le Président, qui se propose de publier sur l'art de la
tapisserie tissée une étude complète, entre dans quelques développements sur ce sujet intéressant et si peu connu.

I

De tous temps, les tapisseries tissées ont été en usage; elles
constituent un objet de première nécessité pour les peuples pasteurs
qui habitent sous la tente; elles deviennent un objet de luxe pour
les peuples civilisés; le savant architecte allemand, M. Semper, prétend que l'art de tisser serait né avec l'art de bâtir. Dans l'antiquité,
les Mèdes, les Babyloniens, les Egyptiens, les Grecs et les Romains,
employaient les tapisseries à décorer les temples, les palais et les
habitations somptueuses. Babylone, Tyr, Sidon, Sardes, Carthage,
Pergame, Milet, Alexandrie étaient des centres de fabrication dont
les produits furent introduits en Grèce par Alexandre, et furent
importés à Rome (*opus phrygium acu pictum, tapes, tapetum*), après
la conquête de la Grèce, de l'Egypte et de l'Asie.

Les Livres saints font plusieurs fois mention des tapisseries;

Moïse (chap. xxxvi, ŷ. 8, du livre de l'Exode) donne la description de dix
tentures destinées à la décoration du tabernacle, et qui étaient faites
de fil de lin retors bleu, écarlate et cramoisi, et parsemées de figures
de chérubins « d'un ouvrage excellent, varié et fait au métier ».
Dans les Proverbes (chap. xvi) la femme dit : « J'ai tissé mon lit avec
des cordes, » je l'ai couvert de tapisseries peintes apportées d'Égypte.

Aristote rapporte (*Traité des récits merveilleux*) qu'un sybarite fit
tisser une grande tapisserie qui portait au centre les figures ouvrées
dans le tissu des six principales divinités de la Grèce ; le haut était
bordé d'arabesques de Suse et le bas d'arabesques persanes. Cette
tapisserie fut vendue aux Carthaginois par Denys l'Ancien pour
120 talents (660,000 fr.).

Dans sa fameuse plaidoirie *De Signis*, Cicéron accuse le pré-
teur Verrès d'avoir volé à Malte, Messine et Syracuse, des tapisseries historiées brodées d'or ; les tapisseries dont Verrès dépouilla
Heius de Messine étaient estimées 200,000 sesterces, environ
40,000 francs. Pline le naturaliste cite des tapisseries destinées à
couvrir des lits de festin, fabriquées à Babylone et payées par Néron
2 millions de sesterces. Au théâtre romain, la toile (*aulea*) était
formée d'une tapisserie à personnages qui s'élevait du plancher
pour cacher la scène pendant les entr'actes. Le portique de Pompée
était orné de tapisseries de grande beauté. Anastase, bibliothécaire
de l'Eglise romaine au ixe siècle, donne l'inventaire de nombreuses
et belles tapisseries qui étaient exposées aux principales cérémonies,
dès les premiers temps de l'Eglise.

Au moyen âge les tapisseries furent en grande vogue ; elles servaient dans les cérémonies religieuses à décorer les églises ; les
côtés du chœur, les piliers étaient couverts de tapisseries que l'on
changeait suivant les temps de l'année. Au moment des processions,
suivant un usage encore suivi de nos jours, les murs des maisons
particulières étaient tendues de tapisseries. A Paris, dès l'année
1656, la corporation des tapissiers était tenue, moyennant une
indemnité de 300 livres, de tendre de tapisseries, les jours de la fête
de l'octave du Saint-Sacrement, les maisons des protestants dans la
ville et les faubourgs de Paris ; le même usage était observé lors
des entrées solennelles des rois et des princes.

Les habitudes nomades de la chevalerie, la disposition intérieure
des châteaux dont les gros murs devaient être isolés dans un
intérêt hygiénique rendirent l'usage des tapisseries très-fréquent ; au
xve siècle les tapisseries constituaient la seule décoration des appartements ; emportées dans les bahuts, elles suivaient leur proprié-

taire dans tous ses déplacements. On les employait dans les salles d'honneur dites de parement, et, suivant leur usage spécial, on les appelait courtines (rideaux de lit), fachères (dais), aucubes (tapis de pied), trefs (toiles de tente), bancquiers (tapis de siége) ; on les suspendait dans les grands appartements pour remplacer les portes. Les tapissiers fabriquaient encore des couvertures armoriées pour les chevaux et les mulets.

Pour avoir une idée de la vogue des tapisseries au commence ment du xviie siècle, il faut lire la correspondance échangée, de 1610 à 1621, entre Scipion Caffareli, cardinal Borghèse, et Guido Bentivoglio, successivement nonce à Bruxelles et à Paris. « Aux tapisseries que j'ai déjà, dit le cardinal qui était un curieux fin et délicat, je voudrais joindre quelque autre qui fût toutefois une œuvre s'éloignant absolument de l'ordinaire. J'attacherai le principal prix au dessin qui, s'il ne venait pas d'une main excellente, ne serait point pour me satisfaire : je voudrais aussi qu'à cette perfection correspondissent le soin du travail et la finesse de la matière. »

Dans une autre lettre, le cardinal stimule le zèle de son agent et lui fait la description d'une tapisserie qu'il convoite et qui doit se trouver à Paris. « La tapisserie en question a six aunes de hauteur ; elle est fabriquée avec la matière de la plus fine qualité qui se soit jamais travaillée ; les couleurs sont des plus vives ; elle est enrichie de beaucoup d'or. La bordure, surtout, est très-belle, tant en singularité qu'en magnificence, étant presque toute d'or, toutes les figures sont de grandeur naturelle et représentent les fables de Diane. Le possesseur actuel est le maître tapissier du roi et réside au faubourg Saint-Marceau (aux Gobelins). Il en demande 16,000 écus, et prétend en avoir trouvé 12,000. »

Le nonce fait de son mieux pour contenter le cardinal ; il parle de tapisseries à tout venant et insinue que les cadeaux de cette nature seraient très-agréables à son maître ; quant à la tapisserie qui lui est signalée, il répond qu'il a été l'examiner, mais que tous les dessins sont nouveaux et de la main d'un peintre français (sans doute Dubreuil), qui n'a guère dépassé l'ordinaire ; par contre, il loue fort certaine tapisserie ancienne qui appartient à la famille de Saint-Paul, dont on demande 16,000 écus ; une tapisserie au cardinal de Joyeuse, d'après les dessins d'Albert Durer et représentant la vie humaine depuis l'enfance jusqu'à la décrépitude ; ainsi que la tapisserie représentant les gestes de Scipion, d'après Raphaël, et qui appartient à la reine. Qu'est-il advenu des démarches du nonce ? le correspondant n'en dit rien ; mais il est constant que la fameuse tapis-

serie de Scipion, tapisserie de Flandre achetée 22,000 écus par
François Ier, a disparu du garde-meuble vers cette époque.

Etant à Bruxelles, le nonce avait procuré au cardinal une tapisserie de seize aunes de long représentant l'histoire de Samson; les cartons en avaient été faits sur la commande de Henri II par un peintre
de Malines (sans doute Michel Coxie), qui, bien que né en Flandre,
avait vécu cependant de longues années en Italie, imitant les vail-
lants artistes de ce temps.

Mazarin et ses contemporains étaient fanatiques de tapisseries à
ce point qu'on estimait dans l'inventaire du cardinal 100, 000 livres
une tenture de tapisserie, alors que les peintures de Raphaël étaient
cotées de 500 à 2,000 livres.

Lors de la paix des Pyrénées, Mazarin avait reçu du roi d'Espagne
et de don Luis de Haro trois tentures, les *travaux d'Hercule*, les
Douze mois, et les *Fruits de la guerre*; à sa mort, le cardinal légua
au roi ses diamants, les douze mazarines, réputés les plus beaux du
monde, et trois tentures de tapisserie.

Le même engouement pour les tapisseries subsiste encore au
commencement du xviiie siècle. Les bénédictins de la confrérie de
Saint-Maur, qui firent leur voyage littéraire en 1708 parlent en ces
termes des tapisseries de l'église Saint-Pierre de Gand : « Ce qu'on
admire davantage, ce sont les tapisseries qui représentent la vie de
S. Pierre et de S. Paul. On prétend que c'est Raphaël qui en a
donné le dessin; mais quand il les aurait tirées au pinceau, il n'aurait
rien fait de plus délicat que ce que l'ouvrier a fait à l'aiguille; il y en
a dix pièces qui sont estimées 20,000 florins, qui font 250,000 livres
argent de France. On dit qu'un gouverneur des Pays-Bas en offrit
100,000 florins et d'en faire d'autres semblables ».

L'usage des tapisseries tend à disparaître à la fin du xviiie siècle;
les tentures en soie et les papiers peints inventés par Papillon en
1688 les remplacèrent. Ce fut une conséquence de la transformation
du mobilier, imposée par la mode. Sous Louis XIV et Louis XV, les
appartements vastes, spacieux, comportaient l'emploi de tentures et
de meubles de grande dimension; vers la fin du xviiie siècle on
cherche avant tout le joli, le gracieux, le confortable, la variété, et
la tapisserie, avec ses allures solennelles et envahissantes, devient
gênante et déplacée. Dans un chapitre intitulé *Tapisseries*, Mercier,
l'auteur du *Tableau de Paris*, critique avec sa verve habituelle l'emploi des tapisseries à sujets profanes pour tendre les murs sur le
passage des processions; puis il ajoute :

« On a banni des appartements ces tapisseries à grands person-

nages que les meubles coupaient désagréablement, et elles sont relé-
guées dans les antichambres. Le damas à trois couleurs et à comparti-
ments égaux a pris la place de ces figures qui, massives, dures et
incolores, ne parlaient pas gracieusement à l'imagination des
femmes. Les tapisseries descendent du galetas pour le jour de la
Fête-Dieu, et on les envoie aussi à la campagne pour y garnir les mansardes. »

Si nos accès de folie sont fréquents, ils sont de courte durée, et
nous adorons de bonne grâce ce que nous avons brûlé. La tapisserie, si rudement traitée par la mode, reprend sa revanche; elle
descend des mansardes pour orner les salons et les cabinets des
véritables curieux.

II

L'édit de fondation des Gobelins fait ressortir ainsi l'importance
de la fabrication de la tapisserie :

« La manufacture des tapisseries a toujours paru d'un si grand
« usage et d'une utilité si considérable que les États les plus abon-
« dants en ont cultivé les établissements et attiré dans leurs pays les
« ouvriers les plus habiles par les grâces qui leur ont été faites. »

Le recueil des statuts des tapissiers contient, dans l'Avertissement
de l'éditeur, l'exposé des connaissances et des talents que doit posséder l'artiste tapissier pour réussir dans son art.

« Toutes les professions supposent, dans ceux qui les exercent, des
talents relatifs et proportionnés. Quelques-unes même en exigent
d'assez distingués ; mais combien en faut-il réunir pour former un
habile tapissier ! De quelque manière qu'il travaille, en tapis sarrazi-
nois, en tapisserie de haute et basse lisse, ne fut-ce même qu'en
rentraiture, il doit posséder toutes les règles de la proportion, principalement celles de l'architecture et de la perspective, quelques
principes d'anatomie, le goût et la correction du dessin, des coloris
et de la nuance, l'élégance de l'ordonnance et la noblesse de l'expression en tous genres et en toutes espèces : figures humaines,
animaux, paysages, palais, bâtiments rustiques, statues, vases, bois,
plantes et fleurs de toutes espèces. Il doit joindre encore à ces
connaissances celles de l'histoire sacrée et profane, faire une juste
application des règles de la bonne fabrique et le discernement de ce
qui opère la beauté du grain et des coloris, c'est-à-dire les diverses
qualités des soies, laines et teintures, qu'il faut souvent rabattre,

rehausser, ou changer d'œil, raison pour laquelle il leur a toujours
été permis de teindre les étoffes qu'ils emploient. Quand un marchand tapissier se bornerait uniquement au commerce, ces connaissances ne lui seraient pas moins utiles pour le mettre en état de
distinguer les diverses fabriques, les auteurs, et de juger du prix des
tentures qu'il veut acheter ou vendre On ne dit rien de trop ici : ce
n'est que par le concours de tous ces talents réunis et mis en œuvre
que les tapisseries et tapis, fabriqués par les maîtres tapissiers de
Paris, sous les règnes de Henri IV, de Louis XIII et Louis XIV, ont
mérité l'admiration de toute l'Europe. Il est impossible d'y réussir
autrement. C'est pour cela que les anciens statuts fixaient à huit ans
le temps de leur apprentissage. »

La tapisserie est en effet la plus haute expression de l'art industriel, c'est la peinture sur laine avec des difficultés d'exécution particulières, et les peintres célèbres de toutes les écoles ont tenu à honneur de faire des cartons pour les grandes manufactures ; on pourrait
compléter l'œuvre de Raphaël, de J. Romain, etc., par la recherche
des sujets qu'ils ont traités pour les tapisseries. Velasquez a peint
un tableau dit les *fileuses*, dont la copie était naguère au musée
européen, dit des copies, qui représente au premier plan des ouvriers
filant et dévidant la laine ; au second plan une femme soulève
un rideau pour faire voir dans le lointain une belle tapisserie. C'est
le commencement et la fin du grand art industriel.

Les tapisseries de la première époque venaient d'Orient et le décor
se ressent de leur origine ; il se compose de dessins byzantins, à
méandres réguliers et animaux fantastiques.

La seconde époque, qui a une origine nationale, prend ses modèles
dans le style ogival du xiiie siècle ; les personnages commencent à
faire apparition ; ils sont de petites dimensions, à teintes plates. Les
tapisseries de cette époque n'existent plus, mais les comptes des ducs
de Bourgogne, l'inventaire des tapisseries de Philippe de Bourgogne,
l'inventaire général de Charles VI contiennent des descriptions très-
exactes des chambres de broderies et de tapisseries qui se trouvaient
dans les palais royaux.

Philippe le Hardi possédait un si grand nombre de tapisseries qu'il
y avait un officier spécialement préposé à leur conservation et qui
prenait le titre de garde de la tapisserie.

Les tapisseries du xve siècle sont rares ; on en conserve cependan
de précieux spécimens aux musées des Gobelins, du Louvre, de
Cluny, à la bibliothèque nationale, au garde-meuble et dans les villes
d'Angers, Auxerre, Beaune, Dijon, Beauvais, Issoire, Le Mans,

Montpezat, Reims, Saumur, Sens, Salins, etc., qui permettent d'apprécier le travail et la manière des tapissiers de cette époque.

Le tapis de haute lisse a été le précurseur de la peinture historique à l'huile; en effet, les sujets traités sont tirés de l'histoire sainte, des gestes fabuleux des héros, des saisons, des chasses, des fabliaux et poëmes chevaleresques.

« Tantôt les tapisseries représentent avec une naïveté charmante et fidèle, dit M. Jubinal, de grands événements historiques, tantôt de joyeuses coutumes; là c'est un siége ou un tournoi, ici un festin, plus loin une chasse, et toujours, chasses, festin, tournois, siége, tout cela est « pourtraict » au vif, comme aurait dit Montaigne, tout cela nous retrace au naturel la vie de nos pères, nous montre leurs châteaux, églises, costumes, armes et même, grâce aux légendes explicatives, leur langage à différentes époques; il y a mieux, si nous nous en rapportons à l'inventaire de Charles V, toute la littérature française des siècles qui précèdent celui du sage monarque aurait été, par ses ordres, traduite en laine. »

Des initiales, des arbres généalogiques, des armoiries, des phylactères gothiques, aident à expliquer les sujets et à faire connaître les propriétaires; il était même d'usage aux xive et xve siècles de faire porter aux tapisseries les armoiries des propriétaires ou de ceux qui les avaient commandées.

Les artistes de cette époque, préoccupés avant tout de l'effet décoratif, négligeaient la perspective; on voulait cacher la nudité d'un mur avec une étoffe qui fût plaisante à l'œil, mais on ne prétendait pas percer dans ce mur la perspective d'une forêt et faire ce que l'on appelle un tableau, dit la Notice des Gobelins de 1873. Sur un fond monochrome ou parsemé de fleurs de lis, d'initiales, de fleurs, de rinceaux, de feuilles, de branchages, d'oiseaux, les artistes alignaient les personnages à côté les uns des autres sans établir d'arrière-plan; un trait de contour dessinait les principales formes des personnages et de leurs vêtements, les étoffes étaient à plis nets et cassants, à ornements byzantins; les tapis reproduits pour les fonds étaient toujours d'un style oriental; le décor procédait par plats juxtaposés, trois tons de chaque couleur, simples et harmonieux, se reliaient entre eux par des hachures; des rehauts d'or donnaient un éclat tout particulier aux fonds. La composition était pleine de mouvement et de naïveté. Quant à la physionomie des personnages, l'artiste recherche avant tout le caractère et, au besoin, lui sacrifie la beauté. Il y a, en un mot, une analogie frappante entre le faire des maîtres tapissiers et celui des maîtres verriers, et d'ailleurs il faut le dire, les verreries, les tapisséries, les monuments sculptés, conviennent seuls à la décoration des églises, à l'exclusion des tableaux qui ne sont jamais en parfaite harmonie avec le style de l'édifice religieux.

On donnait à l'artiste, chargé d'exécuter les cartons, un programme exact et complet qu'il était obligé de suivre ponctuellement dans les plus petits détails; la rédaction de ces programmes était confiée à de savants religieux qui tenaient compte des exigences de la composition dont l'exposition se déroulait parfois sur 40 ou 50 mètres de longueur.

M. Guiguard a relevé, dans les comptes de la fabrique de Troyes, de 1425, les détails suivants, qui indiquent d'une manière complète comment on procédait pour la confection des tapis au xv⁰ siècle :

Frère Didier, jacobin, ayant extrait et donné l'histoire de Ste Madeleine, Jaquet, le peintre, en fit un petit patron sur papier. Puis Poinsète, la couturière, et la chambrière assemblèrent de grands draps de lit pour servir à exécuter les patrons, qui furent peints par Jaquet, le peintre, et Symon, l'enlumineur. Thibaut Clément et son neveu firent marché avec les marguilliers et frère Didier pour entreprendre le travail de haute lisse. Frère Didier revit alors ses mémoires avec Clément. Quand les tapisseries eurent été livrées, Poinsète, la couturière, les doubla de grosses toiles et les garnit de cordes. Enfin on les suspendit aux crampons fixés par le serrurier Bertran, aux barres de bois posées dans le chœur par Odot, huchier.

Au commencement du xvi⁰ siècle, le style purement décoratif tend à s'effacer, la perspective se prononce, le modèle devient plus souple, plus animé, les contours sont moins accentués et on ne les retrouve même plus pour accuser les plis des vêtements.

Vers le milieu du xvi⁰ siècle la renaissance italienne s'empare des arts industriels et transforme le style de la tapisserie qui abandonne la manière décorative pour se rapprocher de la peinture. Les sujets religieux sont moins fréquents, les artistes traitent de préférence les épisodes de l'histoire ancienne ou de l'histoire contemporaine, les scènes de la mythologie, les allégories, les portraits, les paysages et animaux.

Les peintres de l'école italienne, Raphaël et J. Romain en tête, fournirent les cartons ; repétons ce que disait M. Darcel à ce sujet : Ce ne sont pas des tableaux que le grand maître de la Renaissance donna à copier mais des cartons composés exprès et qui ne montrent point dans la coloration sommaire le fini de la peinture à l'huile et les tons sombres de certaines peintures poussées à l'effet.

Brantôme parle avec enthousiasme d'une tapisserie dessinée en 1546 par J. Romain pour le compte du roi de France, qui représentait le triomphe de Scipion ; il assure qu'elle avait coûté 22,000 écus et que de son temps on ne l'aurait pas eue pour 50,000.

Un élève de Raphaël, Thomas Vincidore, de Bologne, avait été envoyé en Flandre pour surveiller la confection des tapisseries tissées d'après les cartons de Raphaël.

On cite encore le nom d'un autre disciple de Raphaël, Van Orley (Bernard), peintre officiel de Marguerite d'Autriche, puis de Marie de Hongrie, gouvernante des Pays-Bas, comme s'étant adonné à la composition des cartons de tapisseries. Il peignit pour Charles-Quint de belles chasses, où était retracé au naturel le portrait de ce prince et des seigneurs les plus considérables de sa cour ; il faisait exécuter toutes les tapisseries que les papes, empereurs et rois, faisaient tisser en Flandre d'après des cartons italiens.

Mais les Flandres qui, à partir du XIIe siècle jusqu'au XVIe siècle, avaient eu le monopole de la fabrication des tapisseries, virent disparaître cet art industriel. La célèbre fabrique d'Arras fut la première à fermer ses ateliers, à la suite de la conquête de Louis XI. Au XVIIe siècle, on ne tisse plus que des tapisseries communes représentant des paysages ou des scènes empruntées aux tableaux de Teniers, ce qui fit donner à ces tapisseries le nom de verdures de Flandre ou de Tenières. On appelait ainsi les tapisseries à paysages de dernier ordre comme art, où ne figuraient que des personnages ou animaux de très petites dimensions, sans modelé ou dégradation de couleur, autrement que par teintes plates.

La France devait continuer les grandes traditions artistiques de l'école flamande ; les principaux peintres de tapisseries antérieurs à l'établissement des Gobelins furent : Le Primatice, Nicolas Poussin, H. Lerambert, Lucas Romain, Caron, Ch. Carmoy, Cadenomis, Baignequeval, C. Baudoyn, Toussaint Dubreuil, Dumée, Guyot, qui touchaient en moyenne 25 livres, par mois, pour composer les cartons. Les maîtres tapissiers recevaient de 10 à 15 livres.

Au commencement du XVIIe siècle la fabrique française tissait des tapisseries à armoiries, à devises, haulmes, timbres, toisons, colliers, avec supports et entrelacs, qui étaient de véritables étendards destinés à l'intérieur des habitations. En dehors de ces sujets héraldiques, les tapisseries fabriquées en France, dites façon de Flandre, de Perse et du Levant, étaient une imitation des tapisseries fabriquées en Orient et en Flandre, et on les confond facilement avec les tapisseries

d'origine étrangère; elles ne prennent un caractère vraiment national
qu'à partir de Louis XIV.

Lorsque Le Brun fut chargé de la direction des Gobelins, fabrique
royale fondée en 1662, il donna une grande impulsion à la fabrication, et le style décoratif prit une tournure large et noble; le premier peintre de Louis XIV s'occupait des Gobelins d'une manière
toute particulière. C'était bien l'homme qui convenait à la situation;
« en effet, dit le *Mercure* de 1690, il avait un génie vaste et propre à
tout; il était inventif, il savait beaucoup et son goût était général,
ainsi que son savoir; il taillait en une heure de temps de la besogne
à un nombre infini de différents ouvriers : il donnait des dessins à
tous les sculpteurs du roi; tous les orfèvres en recevaient de lui. Ces
candélabres, ces torches, ces lustres et ces grands bassins ornés de
bas-reliefs qui représentaient l'histoire du roi, n'étaient fabriqués que
sur ses dessins et sur les modèles qu'il en faisait faire. Il donnait en
même temps des dessins pour tendre des appartements entiers.

« Pendant que tant d'ouvriers travaillaient sur ses dessins, il y en
avait une infinité qui n'étaient occupés que par ceux qu'il avait
donnés pour des tapisseries. Il a fait ceux de la bataille et du
triomphe de Constantin, ceux de l'histoire du roi et d'Alexandre,
des maisons royales, des saisons, des éléments et de plusieurs autres;
enfin on peut dire qu'il faisait tous les jours remuer des milliers de
bras et que son génie était universel; il donnait jusqu'à des dessins
de serrurerie. J'en puis rendre témoignage puisque j'ai vu regarder
par de très-habiles étrangers des serrures et des verroux de portes
et fenêtres de Versailles et de la Galerie d'Apollon et du Louvre,
comme des chefs-d'œuvre dont ils ne pouvaient se lasser d'admirer
la beauté. »

Dans une lettre du 10 mars 1653, où il fait la nomenclature des
artistes qui travaillaient sous ses ordres, Le Brun dit : « M. Van der
Meulen est un peintre fameux, selon moy, que le roi a appelé de
Flandres pour travailler à de grands tableaux représentant les vues
de toutes les maisons royales; il a déjà fait celles de la plupart des
villes de Flandres, avec les environs; qui sont d'une délicatesse mer-
veilleuse. On travaille à mettre ces beaux dessins en tapisseries dont
il a gravé plusieurs en taille douce. Les sieurs Jans et Lefèvre font de
la haute lisse mêlée d'or et d'argent; ils travaillent sur mes dessins à
l'histoire du roy, à celle d'Alexandre, aux *Actes des Apôtres*, aux
saisons, aux neuf muses; leurs ouvrages sont des chefs-d'œuvre au
dire des amateurs. Les sieurs Lacroix et Mousin sont pour la basse
lisse dont ils s'acquittent très-bien. »

Tout ce qui concernait les tapisseries se faisait avec un soin particulier, *con amore*. Les devises explicatives des tapisseries étaient soumises à l'examen de l'Académie des beaux-arts, et Ch. Perrault se fait honneur, dans ses Mémoires, d'en avoir composé une grande partie.

Louis XIV, voulant donner aux Gobelins et à son directeur une marque particulière d'intérêt et de protection, fut visiter la manufacture, en compagnie de Colbert. Une tapisserie, exécutée sur les cartons de Le Brun et de Van der Meulen, conserva le souvenir de cette visite. Sous la direction de Le Brun (1663 à 1690), les Gobelins fabriquèrent 19 tentures de haute lisse d'une surface totale de 4,110 aunes carrées et 34 tentures de basse lisse d'une surface de 4,299 aunes qui furent payées près de 6,700,000 francs, soit 10 millions, plus les cartons estimés à une égale valeur.

Tous les peintres se disputèrent l'honneur de donner des cartons aux Gobelins : P. de Champagne, Simon Vouet, Fouquières, Michel Corneille le père, Poussin fils, Van der Meulen, B. Monnoyer, Nicasius Bernaert, Berain, Gillot, Audran, Neilson, Vien, Blain de Fontenay, Alexandre de Saint-André, Boullongne jeune, Lemoyne dit le Troyen, de Sève, Verdier, Boëls, Anguier, Francart, de Troy, Nattier, Antoine Coypel, Van Loo, Mignard, Jouvenet, Nattoire, Lepicié, Jolloin, Jacques, Pierre, Doyen, Brenet, Boucher, Oudry, Lagrenée, Jeaurat, Fragonard, firent reproduire en tapisserie une partie de leurs chefs-d'œuvre.

Le style artistique suivit la marche de l'école française et du jour. Les peintres et les tapissiers n'étaient pas souvent d'accord, les premiers voulant la reproduction exacte et détaillée de leurs toiles, les seconds objectant avec raison que la tapisserie n'était pas un tableau, mais une tenture décorative aux effets tout à la fois harmonieux et brillants. La tapisserie, nous le répétons après M. Guichard, n'a nullement à contrefaire la grande peinture, qui a une autre fin que la récréation de l'œil. Son office est de servir de fond et de lien ; elle ne doit pas ambitionner les premiers plans qui appartiennent au personnage vivant, objet principal, centre obligé, dont l'importance ne saurait recevoir aucune atteinte. Cette vérité fut comprise par Le Brun, qui employa le procédé des xve et xvie siècles, c'est-à-dire les couleurs de grands traits, nuançant les demi-teintes par l'interposition de laines de teintes franches, à l'aide de hachures. Ses tapisseries sont remarquables par la fermeté de coloris, le fondu des nuances, la netteté et la franchise du dessin, la hardiesse et la chaleur de la composition. Le Brun employa fréquemment les rehauts d'or.

Au rude coloris du premier peintre de Louis XIV, dit la Notice des Gobelins, aux rouges imitations que Noël Coypel faisait de Rubens, aux grandes compositions décoratives de Jouvenet, aux machines vides et boursouflées de de Troy, il s'était substitué une peinture agréable, efféminée, harmonieuse, dans les tons intermédiaires. F. Boucher fut un maître dans cet art faux et charmant et pour traduire en tapisseries les chairs nacrées et tous les gris qui dominent dans ses tableaux, il fallut abandonner l'ancienne palette, il fallut demander à la teinture d'autres nuances et appliquer celle-ci d'après des principes nouveaux.

Les directeurs des Gobelins dignes d'une mention furent Lebrun, Mignard, Soufflot, Pierre.

Le travail du tissage était réparti entre cinq catégories d'artistes : les uns, les officiers de tête, faisaient les figures, les autres les fleurs, les troisièmes les paysages, les quatrièmes les natures mortes, les cinquièmes les remplissages; les noms de ces artistes sont généralement inconnus; c'est un oubli fort injuste qu'on ne peut s'expliquer jusqu'à un certain point, que par l'infériorité des arts secondaires qui n'ont pas pour eux l'initiative, la création, et cependant les graveurs sont aussi connus que les peintres. Rendons justice à qui de droit et citons les noms des principaux artistes tapissiers du xviie et du xviiie siècle, Maurice Dubout, Girard Laurent, Pierre Dupont, Simon Lourdet, Jean Lefèvre, L. Dupont, Macé, Dulaurent, Cressi, Ferot, Enguerrar, Huldebourg, Lejeune, Rougeot, Rousseau.

Un catalogue général de toutes les tapisseries historiées présenterait un grand intérêt et permettrait de compléter l'œuvre de Raphaël, J. Romain et d'autres peintres illustres qui firent un grand nombre de cartons; ces cartons ont disparu, les tapisseries ont subi le même sort et il ne reste plus que les descriptions que l'on retrouve dans les inventaires, descriptions d'une exactitude minutieuse, comme il convient quand il s'agit d'objets destinés à figurer dans les trésors.

Les tapis de la Savonnerie, fabrique royale fondée en 1627 par Dupont et Lourdet, fermée en 1825, diffèrent essentiellement par la destination, les procédés et les résultats, des tapisseries des Gobelins; ils ressemblent à une étoffe veloutée et ne présentent pas une surface plane et rase. Ces tapis servaient généralement de tapis de pied, ou de couvertures de meubles, c'est ce qui explique l'extrême rareté des anciens produits de cette fabrique. On cite parmi ces chefs-d'œuvre un tapis de 92 pièces, commencé sous Henri IV, qui garnissait le sol de la galerie du Louvre; des armoiries, des trophées allégoriques, se détachant sur des fonds de divers coloris, en faisaient le principal ornement. Sous Louis XV on exécuta un paysage et plusieurs portraits, notamment celui du roi, mais ce genre fut abandonné. Les principaux peintres qui fournirent des cartons à la Savonnerie furent J. B. Monnoyer, Francart, Blain de Fontenay et Lemoine.

Les tapisseries de Beauvais, fabrique royale fondée en 1664 par Hinart, généralement à basse lisse, étaient employées de préférence à couvrir les meubles ; aussi leur décor consiste le plus souvent en fleurs, ornements ou paysages ; néanmoins, dès avant 1718, les ateliers de Beauvais avaient donné les *Conquêtes de Louis le Grand*, les *Aventures de Télémaque*, les *Actes des Apôtres*. Le peintre directeur Oudry fit exécuter les fables de Lafontaine d'après ses dessins, les amours des dieux, l'*Iliade* d'Homère d'après Deshais, les délassements chinois d'après Dumont, les fêtes russes d'après Casanova ; mais les compositions de la manufacture de Beauvais sont toujours moins grandes, comme style et comme dimension, que les compositions des Gobelins, dont elles paraisssent être la réduction ; la tapisserie des Gobelins est à la tapisserie de Beauvais ce que la peinture d'histoire est à la peinture de genre.

L'étendue de cette communication déjà trop longue, ajoute M. de Boyer de Sainte-Suzanne, ne me permet pas d'entrer dans des développements sur les origines des Gobelins, des fabriques antérieures et contemporaines établies à Paris, sur l'histoire de la fabrication et la description des tentures de tapisserie, tissées à Amiens, Arras, Aubusson, Bellegarde, Felletin, Rouen et Troyes, ou à l'étranger, Pays-Bas, Italie, Angleterre, Espagne, Russie, sur les tapisseries parlantes, sur les chiffres et monogrammes, sur la valeur et le prix des tapisseries à différentes époques, sur les procédés de fabrication, sur la bibliographie spéciale, etc., développements qui feront l'objet d'un ouvrage que je me propose de publier prochainement.

Terminons donc par un rapide aperçu de la fabrication actuelle.

Les tapis de pied n'ont pas subi le triste sort des tapisseries de tenture, et, leur bon marché les mettant à la portée de tous, leur fabrication a toujours été en augmentant. Aujourd'hui les villes de Paris, Roubaix, Tourcoing, Aubusson, Felletin, Bellegarde, Abbeville, Amiens, Neuilly, Nîmes, Tours, comptent plusieurs fabriques de tapis qui emploient quatre à cinq mille ouvriers et produisent pour dix millions de tapis ; Aubusson tient la tête de l'industrie privée pour les tapisseries fines. L'Algérie a environ une vingtaine de fabricants indigènes. A l'exposition universelle de 1867, l'Angleterre, l'Allemagne, la Belgique (manufacture royale à Tournay), les

Pays-Bas (manufacture royale à Deventer), la Grèce, les Indes anglaises, la Perse, les principautés Roumaines, la Russie, la régence de Tunis, la Turquie ont envoyé des tapisseries et tapis plus ou moins remarquables par la vivacité et l'harmonie des couleurs, mais qui étaient loin d'atteindre pour le dessin le style artistique des produits français, au-dessus desquels planent toujours les chefs-d'œuvre de la manufacture des Gobelins. La Turquie seule avait envoyé deux cent soixante-treize exposants.

En résumé, nous sommes les fournisseurs du monde entier et de l'Angleterre, du moins pour les tapisseries, pour les tapis riches et les belles qualités, dit un juge compétent, M. Choquel, fabricant à Roubaix, dans son *Essai sur l'industrie des tapisseries*. Les Anglais, de leur côté, occupent le marché extérieur pour la vente des tapis imprimés et des genres à bas prix.

www.ingramcontent.com/pod-product-compliance
Lightning Source LLC
Chambersburg PA
CBHW060856180626
46818CB00004B/1726